Les 15 plus beaux Contes pour les Enfants

À ma chère petite Adel,

Voici de jolies histoires
  pour te faire rêver

Avec tout mon amour

mémé xxx
2015

Le papier de cet ouvrage est composé de fibres naturelles, renouvelables, recyclables
et fabriquées à partir de bois provenant de forêts plantées et cultivées expressément
pour la fabrication de la pâte à papier.

Tony Ross

Les 15 plus beaux contes pour les enfants

Traduit de l'anglais
par Jean-François Ménard

GALLIMARD JEUNESSE

Les Trois Boucs   7

Le Gros Navet   13

Penny Poulette   19

Le Bonhomme en Pain d'Épice   25

Les Trois Petits Cochons   33

Le Petit Chaperon Rouge   39

Boucle d'Or et les Trois Ours   47

Jack et le Haricot Magique   55

Le Fol au Change   63

Les Musiciens de Brême   69

Le Délicieux Porridge   75

Rumpelstiltskin   84

Le Prince Désir et la Princesse Mignonne   93

Les Dons   101

La Belle et la Bête   109

Les
trois boucs

Il y avait une fois trois boucs
qui vivaient très loin d'ici,
dans une vallée paisible.

Ils s'appelaient

Grand Bouc Barbille,

Petit Bouc Barbille

et Bébé Bouc Barbille.

Par un beau jour de printemps, Grand Bouc Barbille dit :
– Je pense que nous devrions nous installer de l'autre côté de la vallée. L'herbe y paraît beaucoup plus verte.

Ses deux frères trouvèrent l'idée excellente mais, pour atteindre l'autre côté de la vallée, il fallait traverser un vieux pont délabré.

Et sous ce pont habitait un gros troll féroce dont le plat préféré était la viande de bouc.
Bébé Bouc Barbille fut le premier à se lancer courageusement sur le pont.

CLIP, CLOP, CLIP, CLOP !

firent ses sabots sur le pont délabré.

– Qui est-ce qui clip clope sur mon pont ? rugit le terrible troll.
– Ce n'est que moi, Bébé Bouc Barbille.
– Je vais te gober tout cru ! gronda le troll vorace.

– Oh ! non. Ne me mange pas ! Je suis trop petit, répondit Bébé Bouc Barbille. Attends plutôt mon frère, Petit Bouc Barbille. Il ne va pas tarder et il est bien plus gros !
– Alors, va-t'en ! grogna le troll avec colère.
Et Bébé Bouc Barbille fila se mettre à l'abri de l'autre côté du pont aussi vite que pouvaient le porter ses sabots de bébé.

Petit Bouc Barbille, son frère qui était un peu plus grand que lui, s'avança alors sur le pont.

CLIP, CLOP, CLIP, CLOP !

firent ses sabots sur le pont délabré.
– Qui est-ce qui clip-clope sur mon pont ? rugit le terrible troll.
– Ce n'est que moi, Petit Bouc Barbille.
– Je vais te gober tout cru ! gronda le troll vorace.
– Oh ! non. Ne me mange pas ! répondit Petit Bouc Barbille.

Attends plutôt mon frère, Grand Bouc Barbille. Il ne va pas tarder et il est bien plus gros !
– Alors, va-t'en ! grogna le troll furieux.
Et Petit Bouc Barbille fila se mettre à l'abri de l'autre côté du pont aussi vite que pouvaient le porter ses petits sabots.

Enfin, ce fut Grand Bouc Barbille qui s'avança sur le pont.

CLIP, CLOP, CLIP, CLOP !

firent ses sabots sur le pont délabré.
– Qui est-ce qui clip-clope sur mon pont ? rugit le terrible troll qui avait grand faim, à présent.
– C'est moi, Grand Bouc Barbille !
– Je vais te gober tout cru ! gronda le troll vorace.
D'un pas pesant, il monta alors sur le pont. Il était si lourd que le bois grinçait sous son poids.

Mais Grand Bouc Barbille était de taille à affronter n'importe quel troll et, d'un grand coup de cornes dans le derrière, il l'expédia très haut dans les airs. Le troll fit un tour, deux tours, trois tours sur lui-même, puis il tomba

tomba
tomba

avec un

ÉNORME

SPLASH !

en plein dans la rivière.
Et jamais plus on ne parla de lui.
Quant aux trois boucs, ils vécurent très contents
jusqu'à un grand âge en broutant l'herbe bien verte
qui s'étendait de l'autre côté de leur paisible vallée.

LE GROS NAVET

Un jour, un vieil homme planta un navet.
Il en prit grand soin, l'arrosa souvent
et l'abrita du soleil quand il faisait trop chaud.
Les mois passèrent et le navet grandit...

GRANDIT...

GRANDIT...

GRANDIT...

jusqu'à devenir
ÉNORME.

– Il est temps d'arracher ce navet !
dit l'épouse du vieil homme. J'en ferai
une délicieuse soupe pour notre dîner.
Le vieil homme alla donc arracher
le navet.
Il tira... il tira... il tira...
il tira...

mais il eut beau tirer,
il ne parvint pas à le déterrer.

– Viens m'aider, femme ! cria-t-il.
Je n'arrive pas à arracher ce navet !
Alors, la vieille femme tira le vieil
homme qui tira le navet.
Ils tirèrent…

il tirèrent…

il tirèrent…

il tirèrent…

mais ils eurent beau tirer de toutes
leurs forces, ils ne parvinrent pas
à le déterrer.

– Venez nous aider ! crièrent-ils
à leur voisin. Nous n'arrivons pas
à arracher ce navet !
Le voisin vint alors tirer la vieille
femme qui tira le vieil homme
qui tira le navet.

Ils tirèrent…

ils tirèrent…

ils tirèrent…

mais ils eurent beau tirer de toutes
leurs forces, ils ne parvinrent pas
à le déterrer.

– Viens nous aider ! dit le voisin à son fils. Nous n'arrivons pas à arracher ce navet !
Le fils vint alors tirer le voisin qui tira la vieille femme qui tira le vieil homme qui tira le navet.

Ils tirèrent...

ils tirèrent...

ils tirèrent...

mais ils eurent beau tirer de toutes leurs forces, ils ne parvinrent pas à le déterrer.
– Viens nous aider ! cria le fils à son chien. Nous n'arrivons pas à arracher ce navet !

Le chien vint alors tirer le fils qui tira le voisin qui tira la vieille femme qui tira le vieil homme qui tira le navet. Mais ils eurent beau tirer de toutes leurs forces, ils ne parvinrent pas à le déterrer !
– Viens nous aider ! aboya le chien au chat qui était assis et les regardait. Nous n'arrivons pas à arracher ce navet !
Le chat vint alors tirer le chien qui tira le fils qui tira le voisin qui tira la vieille femme qui tira le vieil homme qui tira le navet.

Ils tirèrent...

ils tirèrent...

ils tirèrent et...

... le navet sortit soudain de terre et ils tombèrent tous en arrière les uns sur les autres en un grand tas !

Tous ces efforts leur avaient donné très faim. Alors, soulevant et poussant l'énorme navet, ils parvinrent tant bien que mal à le faire entrer dans la maison.

La vieille femme cuisina une soupe délicieuse et tout le monde s'assit autour de la table pour se délecter du festin !

PENNY POULETTE

Un jour, Penny Poulette
picorait des graines dans la cour
de la ferme lorsqu'un petit marron
tomba d'un arbre et...

Bing !

atterrit sur sa tête.

– Malheur ! Miséricorde ! s'écria Penny Poulette.

Le ciel nous tombe sur la crête ! Je dois aller prévenir le roi ! Elle partit donc et rencontra bientôt Cocky Coquet.

– Où vas-tu comme ça, Penny Poulette ? demanda Cocky Coquet.
– Je vais dire au roi que le ciel nous tombe dessus, répondit Penny Poulette.
– Je peux venir avec toi ? demanda Cocky Coquet.
– Bien sûr, dit Penny.
Et tous deux se mirent en chemin pour aller dire au roi que le ciel tombait. Ils rencontrèrent bientôt Fiercancan le canard.

– Où allez-vous comme ça, Penny Poulette et Cocky Coquet ? demanda Fiercancan.
– Nous allons dire au roi que le ciel nous tombe dessus, répondirent Penny Poulette et Cocky Coquet.

– Je peux venir avec vous ? demanda Fiercancan.
– Bien sûr, répondirent les deux autres.
Et tous trois se mirent en chemin pour aller dire au roi que le ciel tombait.
Bientôt, ils rencontrèrent l'Oie Bonpoids.
– Où allez-vous comme ça ? demanda l'Oie Bonpoids.
– Nous allons dire au roi que le ciel nous tombe dessus, répondirent Penny Poulette, Cocky Coquet et Fiercancan.
– Je peux venir avec vous ? demanda l'Oie Bonpoids.
– Bien sûr, répondirent les trois autres.

Et ils se mirent en chemin pour aller dire au roi que le ciel tombait.
Bientôt, ils rencontrèrent Dindon Dandin.
– Où allez-vous comme ça ? demanda Dindon Dandin.
– Nous allons dire au roi que le ciel nous tombe dessus, répondirent Penny Poulette, Cocky Coquet, Fiercancan et l'Oie Bonpoids.
– Je peux venir avec vous ? demanda Dindon Dandin.
– Bien sûr, répondirent les quatre autres.
Et ils se mirent en chemin pour aller dire au roi que le ciel tombait.

Bientôt, ils rencontrèrent Renard Finlascar.

– Où allez-vous comme ça ? demanda Finlascar.

– Nous allons dire au roi que le ciel nous tombe dessus, répondirent Penny Poulette, Cocky Coquet, Fiercancan, l'Oie Bonpoids et Dindon Dandin.

– Oh ! mais ce n'est pas la direction du palais royal, dit Renard Finlascar. Je connais un raccourci. Je vais vous le montrer.

– Merci, Renard Finlascar ! répondirent Penny Poulette, Cocky Coquet, Fiercancan, l'Oie Bonpoids et Dindon Dandin. Et ils se mirent en chemin pour aller dire au roi que le ciel tombait. Bientôt, ils arrivèrent devant un petit trou sombre. C'était l'entrée du terrier de Finlascar, mais celui-ci dit à Penny Poulette, Cocky Coquet, Fiercancan, l'Oie Bonpoids et Dindon Dandin :

– Voici le raccourci qui mène au palais royal. Suivez-moi et vous y serez très vite.

– Merci, Renard Finlascar, répondirent Penny Poulette, Cocky Coquet, Fiercancan, l'Oie Bonpoids et Dindon Dandin.

Finlascar entra dans son terrier et attendit que les autres l'y rejoignent. Dindon Dandin fut le premier à s'aventurer dans le trou sombre. Il n'était pas allé bien loin lorsque…

CLAC !

Renard Finlascar lui trancha la tête. Puis l'Oie Bonpoids entra à son tour et…

CLAC !

elle eut la tête tranchée.

Fiercancan se dandina vers le terrier et…

CLAC !

il eut, lui aussi, la tête tranchée. Cocky Coquet s'avança fièrement, mais, lui non plus, n'alla pas loin car…

CLAC ! CLAC !

fit Renard Finlascar.
Le premier clac ! manqua Cocky Coquet et il eut le temps de crier à Penny Poulette :

Va-t'en ! Va-t'en !

Penny Poulette s'enfuit aussitôt
en courant aussi vite qu'elle le pouvait.
Et voilà pourquoi elle ne put jamais
aller dire au roi que le ciel tombait.

Le Bonhomme en pain d'épice

Il était une fois un homme,
sa femme et leur jeune fils
qui habitaient une jolie
petite maison.

Par un beau dimanche ensoleillé, la femme prépara pour son fils un bonhomme en pain d'épice. Elle le mit dans le four et dit au jeune garçon :
– Surveille la cuisson pendant que ton père et moi allons cueillir des pommes dans le jardin.
L'homme et sa femme allèrent cueillir les pommes et laissèrent le petit garçon seul devant le four. Mais il oublia de surveiller la cuisson et, soudain, un bruit retentit. Quand il leva les yeux…

La porte du fourneau s'ouvrit et le Bonhomme en pain d'épice s'échappa d'un bond.
– Tu ne m'attraperas pas ! s'écria le Bonhomme en pain d'épice avec un grand rire, avant de s'enfuir dans le jardin.
Le petit garçon courut après lui aussi vite qu'il le pouvait, mais il ne put le rattraper. Il appela ses parents, qui se lancèrent à sa poursuite. Mais eux non plus ne purent le rattraper et le Bonhomme en pain d'épice disparut au loin sur la route.

POP !

Il courut ainsi jusqu'à ce qu'il croise deux cantonniers qui creusaient la chaussée.
– Où vas-tu, Bonhomme en pain d'épice ? demandèrent-ils.
Le Bonhomme éclata de rire et fila devant eux en disant :

– J'ai couru plus VITE qu'un homme, sa femme et leur petit garçon et je courrai plus vite que vous !
– Ah ! vraiment ? On va voir ça ! répondirent les cantonniers qui jetèrent leur pelle et se mirent à le poursuivre.

Le Bonhomme en pain d'épice courut jusqu'à ce qu'il rencontre un gros ours grizzli qui cherchait du miel.
– Où vas-tu, Bonhomme en pain d'épice ? demanda le gros ours.
Le Bonhomme éclata de rire et fila devant lui en disant :

– J'ai couru plus VITE que deux cantonniers, un homme, sa femme et leur petit garçon et je courrai plus VITE que toi !

– Ah ! vraiment ? On va voir ça ! grogna le gros ours grizzli, et lui aussi se lança à sa poursuite.
Mais le Bonhomme en pain d'épice rit de plus belle et courut encore plus vite.

Il courut ainsi jusqu'à ce qu'il rencontre un loup assis sur un tronc d'arbre.
– Où vas-tu, Bonhomme en pain d'épice ? demanda le loup.
Le Bonhomme éclata de rire et fila devant lui en disant :

– J'ai couru plus VITE
qu'un gros ours,
deux cantonniers,
un homme, sa femme
et leur petit garçon
et je courrai plus VITE
que toi !

– Ah ! vraiment ? On va voir ça ! gronda le loup et lui aussi se lança à sa poursuite.
Mais le Bonhomme en pain d'épice rit encore plus fort et courut de plus en plus vite en laissant tout le monde derrière lui.

Il rencontra ensuite un renard
qui se dorait au soleil.
– Où vas-tu comme ça,
Bonhomme en pain d'épice ?
demanda le renard sans prendre
la peine de se lever.
Le Bonhomme éclata de rire
et dit :

– J'ai couru plus VITE
qu'un loup, un gros ours,
deux cantonniers,
un homme, sa femme
et leur petit garçon
et je courrai plus VITE
que toi !

Le renard répondit :
– Désolé, Bonhomme en pain
d'épice, je ne t'entends pas.
Peux-tu t'approcher ?
Pour la première fois,
le Bonhomme s'arrêta
de courir. Il s'approcha
du renard et dit fièrement
d'une voix sonore :

– J'ai couru plus VITE
qu'un loup, un gros ours,
deux cantonniers,
un homme, sa femme
et leur petit garçon
et je courrai plus VITE
que toi !

– Désolé, je ne t'entends toujours pas. Peux-tu encore t'approcher ? demanda le renard d'une petite voix. Alors, le Bonhomme en pain d'épice s'avança tout près et se pencha pour lui crier :

– J'ai couru plus VITE
qu'un loup, un gros ours,
deux cantonniers,
un homme, sa femme
et leur petit garçon
et je courrai plus VITE
que toi !

– Ah ! vraiment ? On va voir ça ! répondit le renard et...

... il attrapa le Bonhomme en pain d'épice
entre ses dents pointues et l'avala d'un coup.
Ce fut la fin du Bonhomme vantard
qui avait couru plus vite que le loup,
le gros ours, les deux cantonniers,
l'homme, sa femme et leur petit garçon,
mais qui n'avait pas su se montrer
plus rusé que le renard.

Les trois petits cochons

Un jour, trois
petits cochons s'en allèrent
vivre leur vie.

Le premier petit cochon rencontra un homme qui portait une botte de paille et il lui dit :
– S'il vous plaît, pourrais-je avoir cette paille pour construire une maison ?
Il faisait chaud et l'homme était fatigué de porter sa paille. Il fut donc très content de la lui donner.
Le petit cochon était enchanté et il commença à bâtir sa maison.
Il venait de la terminer, quand un loup qui passait par là frappa à la porte et dit :
– Petit cochon, laisse-moi entrer.
Le cochon répondit :
– Par les quatre poils de mon menton, sûrement pas !
– Dans ce cas, je vais m'enfler, me gonfler et souffler ta maison ! s'écria le loup, furieux.

Alors, il s'enfla, se gonfla et souffla la maison.
Puis il mangea le petit cochon.

Le deuxième petit cochon croisa un homme qui portait un faisceau de branchages et il lui dit :

– S'il vous plaît, pourrais-je avoir ces branchages pour construire une maison ?
L'homme avait hâte de rentrer chez lui pour dîner et il fut très content de lui donner son fardeau.
Le petit cochon venait tout juste d'emménager dans sa maison quand le loup passa par là.
– Petit cochon, laisse-moi entrer, dit-il.
Le deuxième petit cochon répondit :
– Par les quatre poils de mon menton, sûrement pas !
– Dans ce cas, je vais m'enfler, me gonfler et souffler ta maison ! s'écria le loup, furieux.
Alors, il s'enfla, se gonfla, se gonfla et s'enfla et souffla la maison. Puis il mangea le petit cochon.

Le troisième petit cochon vit
un homme avec un tas de briques
et il lui dit :
– S'il vous plaît, pourrais-je avoir
ces briques pour construire une
maison ?
Elles étaient très lourdes
et l'homme avait mal au dos.
Il fut donc très content de les
lui donner. Le petit cochon venait
de finir sa maison, quand le loup
passa par là et dit :
– Petit cochon, laisse-moi entrer.
Le troisième petit cochon répondit :
– Par les quatre poils de mon
menton, sûrement pas !

– Dans ce cas, je vais m'enfler,
me gonfler et souffler ta maison !
s'écria le loup, furieux.
Alors, il s'enfla, se gonfla,
se gonfla et s'enfla et s'enfla,
se gonfla, mais il ne put souffler
la maison de brique car elle était
trop bien bâtie.
Quand il s'en aperçut, le loup
se mit très en colère et annonça
qu'il passerait par la cheminée
pour aller manger le petit cochon.
Mais le troisième petit cochon était
très malin et il s'était préparé.
Il avait allumé un feu et posé
dessus une grande marmite d'eau.

Lorsqu'il entendit le loup descendre dans la cheminée, il ôta le couvercle de la marmite et...

PLOUF !

... le loup tomba dans l'eau.
En moins de temps qu'il n'en faut pour dire
« quatre poils au menton ! », le petit cochon
remit le couvercle. Il fit cuire le loup, le mangea
pour son dîner et vécut heureux le reste de ses jours.

LE PETIT CHAPERON ROUGE

Il était une fois une petite
fille très gentille que tout
le monde aimait.

Sa grand-mère lui fit un beau manteau rouge avec un capuchon, qu'on appelait en ce temps-là un chaperon. Ravie, la petite fille le portait sans cesse et, bientôt, on la surnomma le Petit Chaperon rouge.
Un jour, sa mère lui dit :
– Petit Chaperon rouge, ta grand-mère a été malade. Porte-lui ces gâteaux pour lui faire plaisir. Dépêche-toi et ne parle à personne en chemin !
Le Petit Chaperon rouge partit aussitôt et, alors qu'elle marchait dans la forêt, elle rencontra un loup. Le loup avait si faim qu'il eut envie de la manger sur place,

mais il n'osa pas, car il entendait
des bûcherons non loin de là.
Il se contenta de l'arrêter pour lui
demander où elle allait. Oubliant
les conseils de sa mère, le Petit
Chaperon rouge répondit :
– Je vais porter ces gâteaux
à ma grand-mère qui a été malade.
– Oh ! vraiment ? Elle habite près d'ici ?

demanda le loup en faisant
semblant d'être aimable.
– Oui, dans une jolie petite maison
au milieu de la forêt, répondit
le Petit Chaperon rouge.
Le loup lui dit au revoir et, dès
qu'elle fut hors de vue, il courut
aussi vite que possible vers
la maison de la grand-mère.

Quand le loup arriva chez elle, il frappa à la porte.

TOC, TOC, TOC, TOC.

– Qui est là ? demanda la grand-mère.
– C'est le Petit Chaperon rouge, répondit le loup en déguisant sa voix. Je t'apporte des gâteaux que Maman t'a préparés.
– Entre, Petit Chaperon rouge, dit la grand-mère, couchée dans son lit. Tire la chevillette, la bobinette cherra.

Le loup vorace entra et...

GLOUP !

... il ne fit qu'une bouchée de la grand-mère sans prendre la peine de la mâcher.

Puis il se hâta de mettre un bonnet de grand-mère, sauta dans le lit et remonta les couvertures jusqu'à son menton.
Il venait tout juste de s'installer, lorsqu'on frappa à la porte.

TOC, TOC, TOC, TOC.

– Qui est là ? cria-t-il.
Le Petit Chaperon rouge pensa que sa grand-mère avait une drôle de voix. Mais elle se dit qu'elle devait être enrouée à cause de sa maladie et elle répondit :

– C'est le Petit Chaperon rouge. Je t'apporte des gâteaux que Maman t'a préparés.
Adoucissant sa voix autant qu'il le pouvait, le loup cria :
– Entre, Petit Chaperon rouge. Tire la chevillette, la bobinette cherra.

Le Petit Chaperon rouge entra mais, voyant que sa grand-mère paraissait bizarre, elle dit :
– Grand-mère, que tu as de grandes oreilles !

– C'est pour mieux t'écouter, mon enfant.

– Grand-mère, que tu as de grands yeux !

– C'est pour mieux te voir, mon enfant.

– Grand-mère, que tu as de grandes dents !

– C'est pour mieux te MANGER, mon enfant.

En disant ces mots, le méchant loup
se jeta sur le Petit Chaperon rouge
et la mangea d'un seul

GLOUP !

Enfin rassasié, le loup s'endormit
et se mit bientôt à ronfler très fort.
> ROOOON !
PSHHH !
> ROOOON !
PSHHH !

Il ronfla même si fort qu'un chasseur
qui passait près de la maison décida
d'aller voir d'où venait ce bruit.
Lorsqu'il découvrit le loup endormi,
il s'écria :
– Ah ! Il y a bien longtemps que
je te cherchais, canaille !

Il trancha la tête du loup et le Petit Chaperon rouge surgit de son ventre, suivi de sa grand-mère.
Tout finit donc très bien. Le chasseur avait tué son loup, la grand-mère mangea les gâteaux et se sentit beaucoup mieux et le Petit Chaperon rouge promit de ne plus jamais parler à un loup inconnu.

BOUCLE D'OR ET LES TROIS OURS

Il était une fois une petite fille
qui avait de si beaux cheveux blonds
que tout le monde l'appelait
Boucle d'or.

Un jour, elle se promenait dans les bois, lorsqu'elle vit une petite maison. Elle frappa à la porte et, comme personne ne répondait, elle décida d'entrer quand même. Or, la maison appartenait à une famille d'ours.
Il y avait un gros grand ours, une ourse de taille moyenne et un petit ourson. Le gros grand ours avait préparé du porridge qu'il avait versé dans trois bols, un grand, un moyen et un tout petit pour le bébé ours.
Mais le porridge était trop chaud et les ours avaient décidé d'aller se promener en attendant qu'il refroidisse.
Lorsque Boucle d'or vit les trois bols remplis d'un porridge fumant et apparemment délicieux, son estomac se mit à gronder.

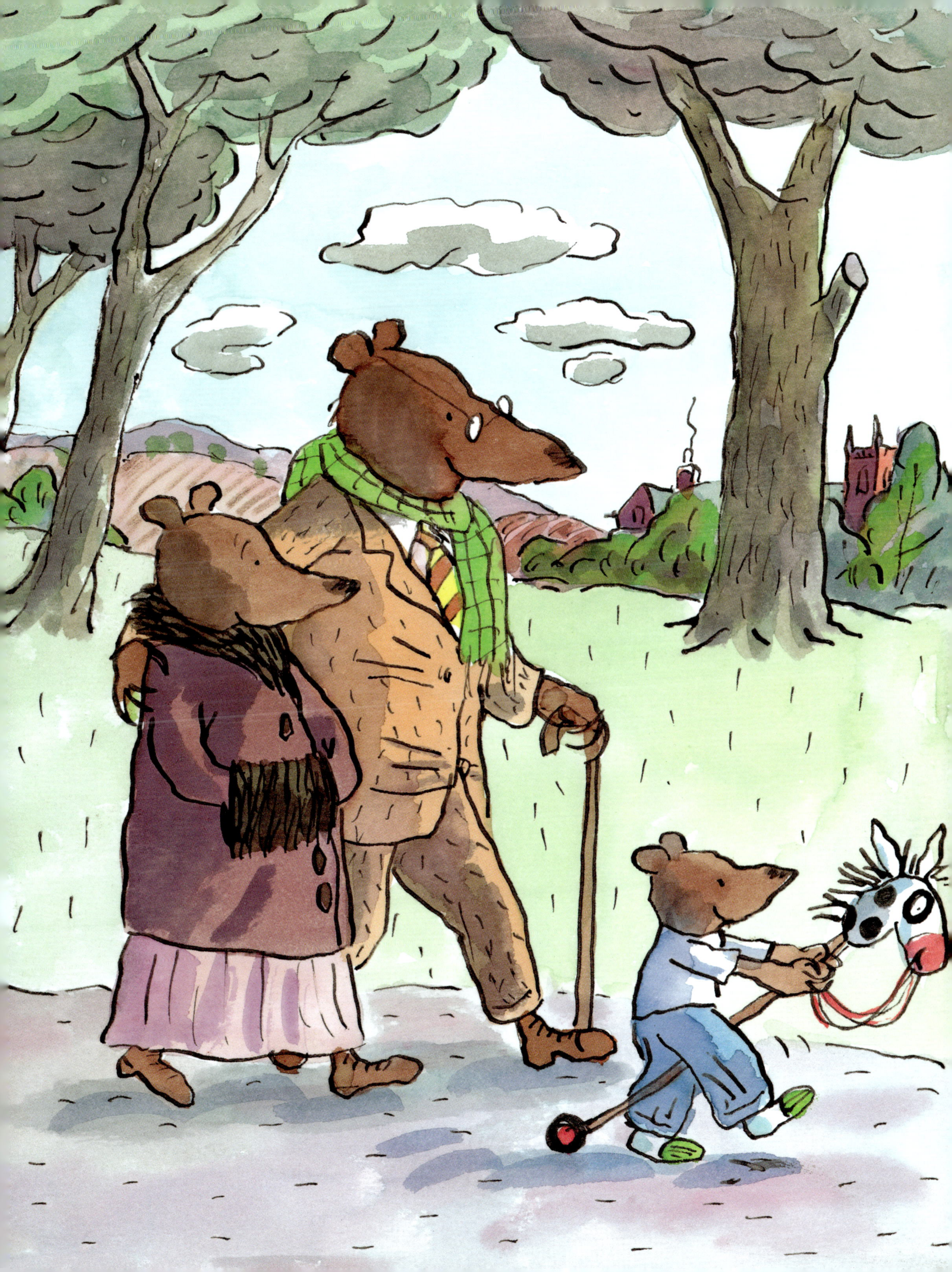

« Il faut que j'y goûte, pensa-t-elle. La maison est vide et je suis sûre que ça ne dérangera personne. »

Elle prit d'abord une cuillerée dans le grand bol.
– Trop salé ! s'écria-t-elle avec une grimace.

Elle prit alors une cuillerée dans le bol de taille moyenne.
– Trop sucré !

Enfin, elle essaya le petit bol.
– Juste comme il faut ! dit-elle d'un ton joyeux, et elle mangea tout.

Boucle d'or, à présent, se sentait fatiguée.
Autour de la table, il y avait trois fauteuils, un grand, un moyen et un tout petit.

Elle s'assit dans le grand fauteuil.
– Trop haut ! déclara-t-elle en se relevant d'un bond.
Elle essaya alors le fauteuil de taille moyenne.
– Trop bas !

Enfin, elle s'assit dans le tout petit fauteuil.
– Juste comme il faut ! dit-elle d'un ton joyeux.
Mais elle était trop grande pour un fauteuil de bébé ours.
Un pied se cassa et avec un terrible CRAC !
Boucle d'or tomba par terre.

– Quel ennui ! s'exclama-t-elle.
Et elle monta au premier étage.
Dans la chambre, elle trouva trois lits :
un grand, un moyen et un tout petit.
Elle essaya d'abord le grand lit.
– Trop dur !
Elle essaya alors le lit de taille
moyenne.
– Trop mou !
Enfin, elle essaya le tout petit lit.
– Juste comme il faut ! dit-elle
d'un ton joyeux.
Elle s'y allongea, ramena les couvertures
sur elle et s'endormit très vite.
Entre-temps, les trois ours étaient
revenus de leur promenade
et s'apprêtaient à manger
leur porridge.

Le gros grand ours regarda son bol
et dit de sa grosse voix en colère :

– Quelqu'un a mangé MON porridge !

L'ourse de taille moyenne regarda
également son bol et dit de sa voix
moyenne :

– Quelqu'un a mangé MON porridge !

Enfin, le bébé ours regarda son bol
et dit de sa petite voix de bébé :

– Quelqu'un a mangé MON porridge !

et en plus, il l'a mangé tout entier !

Alors, le gros grand ours regarda
son fauteuil et dit de sa grosse voix :

– Quelqu'un s'est assis dans MON fauteuil !

À son tour, l'ourse de taille moyenne
regarda son fauteuil et dit de sa voix
moyenne :

– Quelqu'un s'est également assis dans MON fauteuil !

Le bébé ours regarda, lui aussi,
son fauteuil et dit de sa petite voix
de bébé :

– Quelqu'un s'est assis dans MON fauteuil ! et en plus, il l'a cassé en mille morceaux !

Les trois ours montèrent alors dans leur chambre. Le gros grand ours vit son lit défait et s'écria de sa grosse voix :

– Quelqu'un s'est couché dans MON lit !

L'ourse de taille moyenne regarda son propre lit et dit de sa voix moyenne :

– Quelqu'un s'est couché dans MON lit !

Le bébé ours, lui aussi, regarda son lit.

– Quelqu'un s'est couché dans MON lit et en plus... ELLE... s'y trouve encore !

– Ahhhhhh !

Boucle d'or se réveilla en sursaut. Se voyant entourée de trois ours en colère, elle eut vraiment très peur.

Elle dévala l'escalier, sortit à toutes jambes
et ne s'arrêta de courir qu'en arrivant chez elle.
Et plus jamais elle ne mangea le porridge
de quelqu'un d'autre sans lui avoir
demandé la permission !

JACK ET LE HARICOT MAGIQUE

**Il était une fois une pauvre veuve
qui vivait avec son fils Jack. La seule
chose de valeur qu'ils possédaient était
une vache, mais la vache se faisait vieille
et elle cessa de donner du lait.**

– Il n'y a rien d'autre à faire que de la vendre, dit tristement la veuve. Jack se rendit donc au marché.
Il n'était pas allé bien loin, lorsqu'il rencontra un vieil homme étrange qui lui dit :
– Bonjour, Jack. Où vas-tu comme ça ?
– Je vais au marché vendre notre vache, répondit Jack.
– Si tu veux, je te donne ce haricot magique en échange de la vache pour t'éviter le voyage, proposa l'homme. Plante-le ce soir et, au matin, il aura poussé jusqu'au ciel !

Jack lui laissa la vache, prit le haricot et revint chez lui. Quand sa malheureuse mère découvrit qu'il avait été aussi sot, elle se mit en colère. Elle jeta le haricot par la fenêtre et envoya Jack au lit sans dîner.
Au matin, lorsque Jack se réveilla, sa chambre était si sombre qu'il semblait faire encore nuit.
Mais, quand il regarda au-dehors, il vit que le haricot jeté par sa mère la veille s'était transformé en une immense tige qui avait
    POUSSÉ...
        POUSSÉ...
            POUSSÉ...
jusqu'à atteindre le ciel !

Jack sauta sur la tige de haricot et grimpa…

GRIMPA…
GRIMPA…
GRIMPA…

jusqu'à ce qu'il arrive tout en haut. Là, il y avait une route qui le mena à une énorme maison devant laquelle était assise une énorme femme.
– Bonjour ! Pourriez-vous me donner quelque chose à manger pour mon petit déjeuner ? demanda poliment Jack.
– Va-t'en d'ici ! répliqua l'énorme femme. Ou c'est toi qui serviras de petit déjeuner !
Mon mari est un ogre et il n'aime rien tant qu'un enfant rôti sur un grand toast pour son petit déjeuner !
– Donnez-moi quelque chose. Je n'ai rien mangé depuis hier matin, supplia Jack. Alors, j'aime encore mieux rôtir sur un toast plutôt que de mourir de faim !
La femme de l'ogre emmena Jack dans la cuisine et lui donna un peu de pain rassis.

Mais, alors qu'il s'apprêtait
à y planter les dents,
BOUM !
BOUM !
BOUM !
toute la maison se mit à trembler.
– Miséricorde ! Mon mari ! dit
la femme. Vite, cache-toi ici !
Et elle le poussa dans un placard au
moment où un ogre énorme entrait
dans la pièce. L'ogre jeta un regard
soupçonneux autour de lui et hurla :
– Fo-fa-fé-fou, je sens du sang
d'enfant tout à coup !
– Quelle idée ! mon chéri, dit
sa femme. Tu rêves. Viens donc
prendre ton petit déjeuner.
Quand l'ogre eut fini de manger
– ce qui avait fait grand bruit –,
il prit un gros sac d'or dans un
coffre et commença à le compter.
Mais, bientôt, il dodelina de la tête
et se mit à ronfler si fort que toute
la maison en fut secouée.

Jack, un peu tremblant, sortit sans
bruit du placard, prit le sac d'or
et courut à toutes jambes jusqu'à
la tige de haricot. Il jeta le sac
dans le jardin de sa mère, juste
au-dessous, descendit tout au long
de la tige et arriva enfin chez lui
sans dommage.
Jack et sa mère dépensèrent l'or
avec sagesse, mais leur réserve finit
par s'épuiser et il ne leur resta rien
à manger. Plutôt que de voir
sa mère affamée, Jack décida
courageusement d'escalader
à nouveau la tige de haricot.
Il grimpa, grimpa et arriva
tout en haut. Il suivit la route
et retrouva l'immense maison.
La femme de l'ogre était là,
comme la première fois.

– Bonjour ! dit Jack. Auriez-vous la gentillesse de me donner un petit déjeuner ?
La femme de l'ogre ne le reconnut pas et elle lui donna une croûte de pain. Il en avait à peine pris une bouchée quand soudain...

BOUM !
　BOUM !
　　BOUM !

ils entendirent les pas de l'ogre s'approcher. Sa femme poussa Jack dans le placard au moment où l'ogre énorme entrait dans la pièce en hurlant :
– Fo-fa-fé-fou, je sens du sang d'enfant tout à coup !
Comme la première fois, sa femme détourna son attention en lui servant son petit déjeuner.
Quand il eut mangé, il dit :

– Femme, apporte-moi la poule aux œufs d'or.
Elle la lui apporta et l'ogre dit :
– Ponds !
La poule pondit alors un œuf en or massif. Bientôt, l'ogre dodelina de la tête puis se mit à ronfler si fort que toute la maison en fut secouée. Jack sortit sans bruit du placard et prit la poule aux œufs d'or.

Il venait de franchir la porte de la maison lorsque la poule lança un

COT !
 COT !
  COT !

qui réveilla l'ogre. Celui-ci se lança à sa poursuite, mais Jack était trop rapide pour lui. Il courut à toutes jambes jusqu'à la tige de haricot, descendit très vite et arriva chez lui sans dommage.
Jack et sa mère furent très contents de la poule mais, un jour, elle s'arrêta de pondre. Jack avait peur de retourner chez l'ogre, mais il ne supportait pas de voir sa mère affamée. Il n'y avait donc rien d'autre à faire. Cette fois encore, il sauta sur la tige de haricot, grimpa, grimpa, et parvint tout en haut. Lorsqu'il fut tout près de la maison de l'ogre, Jack attendit que sa femme en sorte.
Puis il se faufila à l'intérieur et se cacha dans un panier à linge.

Il venait de rabattre le couvercle sur lui quand il entendit

BOUM !
 BOUM !
  BOUM !

L'ogre et sa femme venaient d'entrer.
– Fo-fa-fé-fou, je sens du sang d'enfant tout à coup ! hurla l'ogre avec fureur.
– Eh bien ! dit sa femme, si c'est ce petit vaurien qui est revenu, il s'est caché dans le placard.
Ils se précipitèrent tous les deux mais, cette fois, Jack n'était pas là. L'ogre prit alors son petit déjeuner et, quand il eut fini, il s'écria :
– Femme, apporte-moi la harpe d'or.
Puis il dit à la harpe :
– Joue !
Et la harpe d'or se mit à jouer jusqu'à ce que l'ogre s'endorme et commence à ronfler si fort que toute la maison en fut secouée.
Jack sortit bravement de son panier, attrapa la harpe et fila par la porte.
L'ogre alors s'éveilla et, d'un pas lourd, se lança à sa poursuite en hurlant de rage.

Quand il atteignit la tige de haricot, Jack descendit aussi vite qu'il le pouvait. L'ogre se jeta sur la tige et descendit à son tour pour essayer de le rattraper. Jack était presque arrivé en bas lorsqu'il cria :

– Maman ! Apporte-moi une hache !

Sa mère se précipita, la hache à la main, mais elle se figea de terreur en voyant l'ogre.

Jack sauta à terre, empoigna la hache et frappa la tige d'un grand

SHTAK !

qui la coupa en deux.
L'ogre fut précipité dans le vide – c'était la fin pour lui – et la tige s'abattit dans le jardin.

La bravoure de Jack était donc récompensée.
Il voyagea dans tout le pays avec sa harpe magique
et devint bientôt célèbre. Sa mère et lui parvinrent
à racheter leur vache au vieil homme étrange
et tous trois vécurent toujours heureux
sans avoir besoin d'autre chose.

Le Fol au Change

Chaque jour, la vieille Marie
sortait de son lit glacé et prenait
son petit déjeuner, toujours constitué
des restes de la veille.

« J'ai tant de chance, se dit-elle, qu'un jour je trouverai peut-être un objet de valeur !
Ah ! j'en ai, de la chance ! »
Justement, ce jour-là fut **EXCEPTIONNEL**, car Marie fit la découverte d'une vieille marmite.
« Oh, oh ! pensa-t-elle, cette marmite doit être percée, sinon personne ne l'aurait laissée là. Une chance que je n'aie pas perdu mon temps à la ramasser. »
Et elle repartit.
Puis elle s'arrêta et revint en arrière.

Puis elle sortait et marchait le long du chemin en espérant trouver un jour quelque chose qu'elle pourrait vendre pour acheter de la nourriture.

« Même percée, elle pourrait bien m'être utile », songea-t-elle en examinant la marmite.
Imaginez la surprise de la vieille Marie : la marmite était pleine d'or !

– Quelle chance de l'avoir trouvée !
dit-elle en riant.
Elle voulut prendre la marmite mais,
tout cet or était si lourd qu'elle ne
put la soulever. Elle l'entoura alors
de son châle et la traîna derrière elle.
Un peu plus tard, elle regarda
à nouveau son or et eut la surprise
de voir qu'il s'était changé
en un gros morceau d'argent.
« C'est une chance, se dit-elle, car
l'argent est moins précieux que l'or,
il y a donc moins de risques qu'on
me le vole. Quelle chance j'ai ! »
Et elle poursuivit son chemin.

Bientôt, la marmite lui parut
de plus en plus lourde.
En regardant à l'intérieur, la vieille
Marie vit alors que l'argent s'était
changé en un morceau encore
plus grand de fer rouillé.
– C'est une bénédiction ! s'écria-t-elle.
Personne au monde n'a autant
de chance que moi. Le forgeron
qui habite tout près m'achètera
ce fer et il y a moins de risques
qu'on me vole les sous qu'il
me donnera. Quelle chance j'ai !
Et elle reprit son chemin en traînant
son morceau de fer d'un air joyeux.

Quand la vieille Marie arriva chez elle, elle s'assit sur son fardeau pour reprendre son souffle et s'aperçut que le fer s'était changé en une grosse pierre. Folle de joie, elle tapa des mains.
– J'ai toujours voulu une pierre pour tenir ma porte ouverte quand il fait chaud et en plus je n'aurai pas à traîner ce fer chez le forgeron. Quelle chance j'ai !
Elle poussa la pierre contre sa porte et recula d'un pas pour l'admirer en pensant à sa bonne fortune.

À cet instant, la pierre se transforma et laissa apparaître le Fol au Change, qui s'enfuit en riant de sa stupide plaisanterie. Car le Fol au Change était un esprit farceur.
Il avait pris l'apparence d'une marmite d'or pour s'amuser aux dépens du premier venu qui passerait par là. La vieille Marie le regarda filer le long du chemin.
« Les gens d'ici ont entendu parler du Fol au Change, se dit-elle, mais je suis la seule à l'avoir vu. Quelle chance j'ai ! »

Souriante, la vieille Marie rentra
chez elle et songea à sa bonne fortune.
« Si je pouvais avoir autant de chance
demain… », pensa-t-elle.
Et elle s'assoupit d'un air satisfait.

Les Musiciens de Brême

Il y avait une fois quatre animaux :
un coq, un chat, un chien et un âne.
Ils avaient travaillé dur toute leur vie
et le temps était venu pour eux
de s'amuser un peu…

– Enseignons la danse ! proposa le coq.

Nous avons de belles voix, dit le chien.
Pourquoi ne pas chanter de l'opéra ?

– Non, dit le chat, devenons acteurs !

L'âne se mit à braire :

– Non, nous avons tous un grand talent.
Allons à Brême, nous formerons un orchestre !

– Je prends le banjo ! miaula le chat. – Moi, la cornemuse ! aboya le chien.

– La flûte est à ma taille ! chanta le coq.

– Avec moi à la batterie, tout ira bien, s'écria l'âne.
Et les voilà partis.

Aucun d'eux n'avait d'instrument et ils se contentèrent d'inventer des chansons le long du chemin. Chacun voulut chanter, miauler, aboyer, braire ses propres couplets jusqu'au moment où le soleil disparut dans la forêt. Il faisait sombre et ils se demandèrent où passer la nuit. Dans une clairière, ils virent alors une cabane avec de la lumière aux fenêtres.
Le chien sauta sur le dos de l'âne, le chat grimpa sur le dos du chien, le coq battit des ailes pour se percher sur les trois autres et regarda par la fenêtre.
– Il y a quatre hommes, là-dedans, chanta le coq.
– C'est peut-être un orchestre ! s'écria l'âne, au-dessous.
– Ont-ils des instruments ? ronronna le chat.
– Je ne crois pas, dit le coq. Ils ont des pistolets, des couteaux, des bâtons, des sacs d'argent et plein de choses à manger. Ce sont des gredins, d'horribles voleurs !
– Ou peut-être de gentils voleurs qui nous donneraient à manger si nous leur chantions une belle chanson, murmura l'âne.
Tout le monde trouva l'idée excellente et ainsi, debout les uns sur les autres, à la clarté de la lune, ils chantèrent à pleins poumons leurs nouvelles chansons, chacun avec des paroles et un air différents.

À la surprise des musiciens, la porte de la cabane s'ouvrit brusquement et les voleurs s'enfuirent à toutes jambes.

– Des démons ! criaient-ils.
Des monstres !
Des fantômes !
– À l'aide !

– Eh bien ! marmonna l'âne, qu'est-ce qui se passe ?

Les animaux regardèrent les voleurs disparaître dans l'obscurité de la forêt. « Qu'importe ! » se dirent-ils, et ils entrèrent dans la cabane vide pour manger et se reposer. La nuit, l'un des voleurs revint en silence pour voir s'il n'y avait plus de danger dans la maison. Il aperçut les yeux du chat qui brillaient dans le noir et pensa que c'étaient des braises dans la cheminée. Il voulut alors s'en servir pour allumer une chandelle, ce qui déclencha une véritable folie.

Le chat effrayé bondit toutes griffes dehors et écorcha le nez du voleur. Le chien lui mordit la jambe, l'âne lui donna un coup de sabot dans le derrière et le coq le chassa de la maison en hurlant :

– CocoricoOO ! Je vais te rompre les os !

Terrifié, le voleur courut rejoindre ses complices.
– C'est affreux ! dit-il, hors d'haleine. L'endroit est plein de monstres !

Une horrible sorcière m'a griffé le nez avec ses ongles, un nain maléfique m'a enfoncé un couteau dans la jambe, un ogre terrifiant m'a donné un coup de massue dans le derrière et, plus grave encore, un démon est tombé du toit et m'a sauté dessus en poussant des hurlements !
Après avoir écouté ce récit avec effroi, les autres voleurs jugèrent préférable de prendre la fuite loin de la cabane et de ne plus jamais s'en approcher. Les quatre animaux vécurent heureux dans la maison le reste de leurs jours.

Ils n'eurent jamais de flûte, de banjo,
de cornemuse ou de batterie.
D'ailleurs, ils n'auraient pas su en jouer.
Mais ils continuèrent à chanter
et devinrent très habiles dans cet art.
Peu à peu, leur réputation s'étendit
et les rendit célèbres.
On les appelait les Musiciens de Brême.

Le délicieux porridge

Bess était une jeune fille très, très pauvre.
Elle était aussi très gentille et très serviable
avec sa mère. Toutes deux habitaient une pauvre
petite maison, dans une pauvre petite rue.
Leur vie était dure et plus dure encore en hiver.

Car, en hiver, Bess et sa mère
n'avaient pas seulement froid, elles
avaient faim. Elles trouvaient parfois
de petites choses à manger, des restes
jetés par leurs voisins. Mais, quand
le froid s'accentuait, les poubelles
étaient vides.
Bientôt, elles n'eurent plus rien
qu'un petit gâteau d'avoine
et la mère de Bess lui dit :
– Il faut que tu ailles dans la forêt
chercher quelque chose à manger,
sinon nous mourrons de faim.
Prends la moitié de ce gâteau,
il te donnera des forces.
Bess s'enveloppa dans sa plus
chaude guenille et partit sans tarder
vers la forêt.
Une heure plus tard, elle n'avait
toujours rien trouvé et se dit qu'elle
allait manger sa moitié de gâteau.
Elle aperçut alors une vieille femme
minuscule assise dans la neige.

Les mains tendues, la vieille lui cria :
– Ne t'en va pas, j'ai faim !
S'il te plaît, aurais-tu quelques
miettes à manger ?
Bess avait faim, elle aussi, mais
elle eut pitié de la vieille et lui donna
la moitié de sa moitié de gâteau.
La vieille dame sourit et se leva. Elle
semblait plus grande et moins âgée.
– Tu es très gentille, dit-elle à Bess.
J'ai demandé à une centaine
de voyageurs de partager leur repas,
mais ils m'ont dit qu'ils avaient
trop peu pour cela. Toi, tu as
encore moins, mais tu m'en as
donné la moitié. Prends ceci
en récompense de ta générosité.
Et elle confia à Bess une petite
marmite marron.
– **Cuis, cocotte, cuis !** dit la vieille
dame, et la marmite se remplit
aussitôt de porridge. **Stop,
cocotte, stop !** dit-elle,
et la marmite cessa de se remplir.

Assises dans la neige, Bess et la vieille dame mangèrent le délicieux porridge bien chaud.
– Garde précieusement cette marmite, dit la vieille, et tu auras toujours à manger. Tu te souviens de la formule ?
– Oui ! répondit Bess. **Cuis, cocotte !**
Mais rien ne se produisit.
– Ça ne marche pas avec moi ! gémit-elle.
– Bien sûr que si, dit la vieille dame en souriant. Mais tu t'es trompée. Il faut dire : **Cuis, cocotte, CUIS !**
Aussitôt, la marmite se remplit de porridge.
– **Stop, cocotte, stop !** s'écria Bess en claquant des mains, et la marmite s'arrêta.
Bess serra si fort la marmite contre elle qu'elle ne vit pas la vieille dame disparaître. Sa mère se montra folle de joie et regarda avec ravissement la marmite fonctionner.

À partir de ce jour, chaque fois qu'elles avaient faim, Bess disait :
– **Cuis, cocotte, cuis !**
Et, lorsqu'elles avaient bien mangé, elle lançait : **Stop, cocotte, stop !**

Parfois, des voisins arrivaient, attirés pas le fumet du porridge et il y en avait toujours assez pour eux. Mais Bess et sa mère n'utilisaient leur marmite magique que lorsque personne ne les voyait. Cet hiver-là fut le plus chaud et le plus joyeux de toute leur vie.

Un jour, alors que Bess était allée chercher du bois pour le feu, sa mère eut un peu faim. Elle prit la marmite dans sa cachette et dit :
– Cuis, cocotte, cuis !
La marmite se remplit aussitôt de porridge.

– Bon, ÇA SUFFIT ! s'écria la mère de Bess au bout d'un moment. Mais la marmite continua de se remplir.
– STOP ! cria la mère de Bess, mais la marmite déborda et le succulent porridge commença à se répandre dans toute la pièce.

Elle rangea la marmite dans
le placard en hurlant :
– Ça suffit, ÇA SUFFIT !
mais le porridge déborda du placard
et, très vite, la pauvre petite maison
en fut remplie.

– NON, NON, NON, NON !

cria la mère de Bess tandis que
le porridge se déversait dans la rue.

Les autres maisons se remplirent également de porridge et les voisins couraient en tous sens pour fuir la délicieuse bouillie sucrée.

Bess entendit leurs cris et se hâta
de revenir, mais déjà toute la rue
était noyée sous le porridge.

Pataugeant dans l'épaisse bouillie, elle retrouva la marmite.

– STOP, COCOTTE, STOP !

cria-t-elle, et aussitôt la marmite magique obéit.
Les voisins revinrent un par un et ils durent s'empiffrer de porridge pour se frayer un chemin jusqu'à leur maison. Bien sûr, il était froid à présent, mais toujours aussi délicieux.

Il était même si délicieux
qu'ils devinrent tous bien dodus
et n'eurent plus jamais faim.

RUMPELSTILTSKIN

Un jour, un roi
qui voyageait dans son royaume
passa devant la maison délabrée
d'un pauvre tisserand.

– Je suis peut-être pauvre, dit celui-ci, mais un jour je serai riche au-delà de toute espérance.
– Comment serait-ce possible ? demanda le roi, soudain intéressé.
– Eh bien ! Majesté, j'ai une fille merveilleuse à qui les fées viennent d'apprendre à filer la paille pour la changer en or, mentit le tisserand, qui voulait impressionner le roi.
– Alors, je l'emmène avec moi, déclara le roi. Si elle fait ce que tu dis, je l'épouserai mais, si elle n'en est pas capable, ça ira mal pour toi.
Le roi enferma la malheureuse au sommet d'une tour vide, dans une pièce qui ne contenait qu'un tas de paille et un rouet.
– Voilà, dit le roi. Je reviendrai demain matin pour chercher l'or.
La jeune fille, qui ne savait pas transformer la paille en or, s'assit là et pleura, redoutant le retour du roi.

Soudain, un étrange petit gobelin apparut et lui demanda pourquoi elle pleurait. Lorsqu'elle lui eut tout raconté, le gobelin éclata de rire.
– Ce n'est que cela ? Je peux le faire en un éclair si tu me donnes ton joli collier.
Le collier était un cadeau de sa mère, mais la jeune fille le lui donna.
Puis elle s'endormit au son du rouet. À son réveil, le gobelin n'était plus là, mais il avait tenu parole : à la place de la paille, il y avait un tas d'or. Le roi était enchanté. Il prit l'or et apporta un autre tas de paille.
– Voilà. On verra ce que tu feras de ça, dit-il.
La fille du tisserand attendit jusqu'au soir et le gobelin revint.

– Je filerai cette paille et la changerai en or, promit-il, si tu me donnes la jolie bague que tu as au doigt. Cette bague était aussi un cadeau de sa mère chérie, mais la jeune fille accepta. Et, quand le rouet chanta sa chanson, elle s'endormit.
À son réveil, un nouveau tas d'or avait remplacé la paille.

Le roi sauta de joie et remplit la pièce de paille. La jeune fille regarda avec effroi cet énorme tas et attendit le gobelin, qui revint à la nuit tombée. Mais la pauvre fille du tisserand n'avait plus rien à lui offrir.
– Ça ne fait rien, murmura le gobelin. Je vais filer cette paille pour la changer en or si tu me donnes ton premier enfant.
La jeune fille accepta aussitôt, car elle n'avait pas de mari et ne pensait pas en avoir jamais un. Cette fois encore, elle s'endormit au son du rouet et s'éveilla dans une chambre pleine d'or.
Enchanté d'être devenu si riche, le roi épousa le jour même la fille du pauvre tisserand.

Quelques années plus tard, le roi et la reine eurent une belle petite fille et le royaume fut en fête. Ils étaient les plus heureux des parents mais, un soir funeste, le gobelin apparut à nouveau.

Le roi était à la chasse et la reine avait tout oublié de la promesse qu'elle lui avait faite.
– Je viens chercher le bébé, dit-il. Nous avons passé un accord qui vous oblige à me le donner.

La reine éplorée supplia le gobelin, mais il fut inflexible.
– Selon notre accord, vous deviez me laisser votre premier enfant, insista-t-il, et un accord doit être respecté !
La reine se jeta à ses pieds.
– Pas mon bébé ! implora-t-elle. Je vous donnerai la moitié du royaume et toutes mes richesses !
– Attendez, dit le gobelin, j'ai une meilleure idée. Ai-je jamais fait mention de mon nom ?
– Pas devant moi, répondit la reine.
– Eh bien ! c'est un nom inhabituel, et si vous parvenez à le deviner, je vous libérerai de votre promesse.

– Est-ce Archibald ?
– Non, dit le gobelin.
– Timothée, Pancho, Balmoral ?
– Non, non, non ! ricana le gobelin. Je m'en vais à présent, je reviendrai demain et, si vous devinez mon nom, vous pourrez garder votre fille.
Quand il fut parti, la reine comprit qu'elle ne devinerait jamais le nom mystérieux et elle fit venir son serviteur.
– Quelque part sur la route, tu trouveras un petit homme très laid. Suis-le et vois si tu peux découvrir son nom, ordonna-t-elle.
Le serviteur se mit en chemin.

Plus tard, cette nuit-là,
il revint avec un grand sourire.
– Je l'ai suivi jusqu'à une petite
cabane, loin dans la forêt,
dit-il, et je l'ai entendu
chanter cette chanson :

– Ce soir je fais du pain et demain de la bière,
Après-demain, la reine me donne sa gamine,
Ah ! je suis bien content que demeure le mystère,
Nul ne connaît mon nom, qui est Rumpelstiltskin !

– Rumpelstiltskin, Rumpelstiltskin, Rumpelstiltskin ! chanta la reine en dansant autour de la pièce, son bébé dans les bras.

Le lendemain de bonne heure, le gobelin revint devant la reine, qui l'attendait dans sa tour.
– Bonjour, Rumpelstiltskin ! dit-elle avec un sourire.
Le gobelin se figea sur place, sachant qu'il devait renoncer au bébé. Le visage écarlate, il balbutia de terribles paroles. Au grand étonnement de la reine, il se mit à courir partout en crachant et couinant, puis il s'envola par la fenêtre comme un ballon rouge qui se dégonfle soudain.

On n'entendit plus jamais parler de lui
et ainsi le roi, la reine et la petite princesse
vécurent toujours heureux.

Le Prince Désir et la Princesse Mignonne

Un jour, le roi d'un pays lointain
tomba amoureux d'une belle princesse.
Mais un mauvais sort empêchait
la jeune fille de se marier.

Le roi erra tristement dans son royaume, cherchant désespérément une solution, et rencontra bientôt une fée déguisée en vieille femme.

– AAAHHH !

MAIS OUI !

caqueta la vieille. Je connais tout de cette princesse. Elle est prisonnière d'un affreux magicien qui s'est changé en chat pour pouvoir la surveiller sans cesse.

Il vous suffira de marcher sur la queue du chat et la malédiction sera levée. Elle peut très bien être à vous.
Bonne chance.

Revenu chez la princesse, le roi marcha sur la queue du chat. Avec un horrible «Miaou!», l'animal se changea en magicien et la malédiction prit fin.

Miaou !

En voyant le couple au comble du bonheur, le magicien hurla de rage :

– Vous PENSEZ être heureux ? NON !
Car votre fils unique aura une triste vie,
à tout jamais... à tout jamais...

La voix du magicien s'éteignit tandis qu'il se changeait en souris. Puis il disparut dans un trou.

Pendant des années, le roi et son épouse connurent un grand bonheur, oubliant tout des paroles du magicien. Ils furent encore plus heureux quand leur naquit un magnifique bébé. Il était parfait et ils le nommèrent Désir. Mais, à mesure qu'il grandissait, son nez s'allongeait plus vite que le reste de son corps.

Le roi et la reine étaient tristes de lui voir un nez ridiculement long. Afin qu'il se sente normal, ses parents tiraient chaque jour sur leur propre nez pour essayer de l'allonger.

Tous les serviteurs furent renvoyés et remplacés par des nouveaux qui avaient les plus longs nez du pays. Le précepteur du prince Désir lui enseigna que les plus grands hommes de l'Histoire avaient des nez immenses, ainsi que tous les grands inventeurs. On trouva des enfants au grand nez pour jouer avec le prince et des artistes à nez long pour peindre de longs nez sur les portraits de famille. Ainsi, le prince grandit en croyant être le plus beau garçon du monde puisqu'il avait le plus long nez.
Devenu un jeune homme, le prince Désir tomba amoureux de la princesse Mignonne, qui habitait le royaume voisin.

Elle l'aima tel qu'il était sans s'occuper de son grand nez. Le sien était plutôt petit, mais les parents du prince lui assurèrent qu'un petit nez chez une jeune fille était très acceptable et que c'était même un signe de beauté.
Pendant les préparatifs du mariage, personne ne remarqua une souris tapie dans l'ombre. Mais, quand le prince Désir s'inclina devant la princesse pour lui baiser la main, la souris prit l'apparence de l'affreux magicien et enleva la jeune fille.
Des mois durant, le prince courut les deux royaumes en quête de la princesse, des larmes coulant du bout de son nez.
Un jour enfin, il la trouva dans une forêt, prisonnière d'un palais de cristal. Il voyait la princesse sans pouvoir la toucher et les murs étaient trop solides pour qu'il parvienne à les briser. Elle aussi aurait aimé le toucher et elle tendit le bras par une petite fenêtre pour qu'il lui baise la main. Mais, à cause de son nez, il n'arrivait pas à poser ses lèvres sur ses doigts.

Il avait beau essayer, son nez l'en empêchait toujours. Il s'assit tristement dans l'herbe et, pour la première fois de sa vie, il dut s'avouer que son nez était trop long.

Reconnaître la vérité suffit
à fracasser le palais de cristal, car
la vérité est plus forte que la magie.
La princesse Mignonne se jeta alors
dans les bras du prince, mais
il la repoussa.

– Tu ne peux m'aimer, dit-il.
Pas avec un nez comme le mien !
Il essaya de cacher son nez dans
ses mains, mais à sa grande surprise
il s'aperçut qu'il était trois fois moins
long que d'habitude. Être honnête
avec soi-même a des effets magiques.

La princesse Mignonne
se jeta à nouveau dans ses bras.
– Tu as le plus beau nez du monde ! dit-elle...
Et, bien entendu, ils vécurent heureux
le reste de leurs jours.

Les DONS

Derrière une colline,
sur une terre inconnue de tous,
vivaient une reine fée et ses quatre filles.

La reine aimait ses filles tendrement
mais, comme il arrive parfois,
c'était la plus jeune qu'elle préférait.
La reine possédait tout ce qu'une
reine doit avoir : un château,
de somptueux jardins, de l'esprit
et l'art du beau langage.
Et, comme elle était une fée, tout
ce qu'elle possédait était magique.
Lorsque les quatre filles eurent
grandi, elles voulurent quitter
le château et découvrir le monde.
– Très bien, dit la reine. Mais,
au-delà de la colline, la vie est
souvent difficile. Alors, pour vous
aider, je vais attribuer à chacune
d'entre vous l'un de mes dons.

Elle accorda à Iris, l'aînée, le don de la beauté. À Rose, la deuxième, celui de l'esprit, et à la troisième, Coquelicot, l'art du beau langage. Heureuses d'avoir reçu ces dons de leur mère, les trois jeunes filles s'en allèrent en dansant voir le monde au-delà de la colline.
– Mais, Maman, dit la plus jeune, qui s'appelait Marguerite, que vas-tu me donner, à moi ?
– Ma chère Marguerite, répondit la reine, il ne me reste plus rien ! J'ai donné ma beauté, mon esprit et mon art du beau langage, il faut désormais que tu t'occupes de moi.
Marguerite fut enchantée de prendre soin de sa mère, qui avait tant donné pour le bonheur de ses trois sœurs.

Les années filèrent et toutes deux vécurent heureuses dans le château et ses somptueux jardins.
Mais, souvent, elles se demandaient si Iris, Rose et Coquelicot étaient satisfaites du monde qui s'étendait au-delà de la colline.
Un jour, la reine n'y tint plus.
– Ma chère Marguerite, dit-elle, tu dois aller à la recherche de tes sœurs et me rapporter de leurs nouvelles. Je veux connaître leurs aventures et savoir si mes dons les ont aidées.

Hélas ! je n'ai plus de dons pour toi et, bien que je t'aime tendrement, il te faudra partir telle que tu es. Va vite et dépêche-toi de revenir !
Marguerite crut voir une larme dans l'œil de sa mère.
Elle se hâta donc de mettre son plus beau chapeau et partit vers le vaste monde où vivaient tous les autres, au-delà de la colline.
Toute la nuit, elle grimpa jusqu'au sommet et, au matin, elle découvrit la ville où vivaient tous les autres.

Dans les rues pleines de monde, elle appela alors le nom de ses sœurs.
– Ah ! croassa une vieille femme au visage bleuâtre. J'ai entendu dire que ces trois-là habitaient au palais. Elles doivent épouser trois princes conquis par leur beauté, leur esprit et leur art du beau langage.
Va voir là-bas !
Et la vieille femme montra au loin un grand château.

Mais, devant le palais, les gardes interdirent à Marguerite d'entrer.
– Je cherche mes sœurs, qui habitent ici, dit-elle. L'une est très belle, une autre a de l'esprit, la troisième parle bien.
– Ah ! ces trois-là ! répondirent les gardes en éclatant de rire. Elles sont parties il y a plusieurs mois. Tu les trouveras rue des Guenilles.
La rue des Guenilles était la plus pauvre de la ville et Marguerite trouva ses sœurs dans la plus pauvre des maisons. Ce qu'elle vit la stupéfia. Allongée sur un sofa, Iris mangeait des chocolats bon marché.
– Marguerite, gémit-elle, quel bonheur de te voir ! Je pensais qu'il suffisait d'être belle. Je croyais que la beauté était tout. Alors, je n'ai rien fait et je suis devenue très grosse. Puis je suis tombée malade et ma beauté s'est enfuie. OOOHHH !
– Pauvre Iris, dit Marguerite en se tournant vers Rose.

– Oh ! Marguerite, gémit Rose, mon esprit m'a perdue. Je plaisantais de tout. Quand mon prince a demandé ma main, j'ai dit que ce serait le bonheur pour lui mais que le mien n'était pas assuré. C'était pour rire, mais il en a épousé une autre et tout le monde s'est lassé de mon esprit.

– Pauvre, pauvre Rose, dit Marguerite. Et toi, Coquelicot ?
– OH ! gémit Coquelicot. J'ai abusé du beau langage. J'ai dit au roi qu'il était fort séduisant alors qu'il ressemble à un cochon, comme chacun sait. J'ai dit à la reine qu'elle était très raffinée, mais chacun sait qu'elle a épousé un cochon. Bientôt, plus personne ne m'a crue et j'ai dû partir.

Marguerite réfléchit un moment, puis elle serra ses trois sœurs contre elle.
– Il faut revenir avec moi derrière la colline et je m'occuperai de vous toutes.
– Mais pourquoi ? s'écrièrent les trois autres. Nous sommes insupportables !
– Pas du tout, dit Marguerite. Vous êtes mes trois sœurs chéries et je vous aime. Venez !

Et Marguerite ramena ses sœurs chez elles, au-delà de la colline, sur la terre inconnue de tous, où elles vécurent heureuses avec leur mère. La reine exprimait parfois à Marguerite ses regrets d'avoir distribué ses dons à ses sœurs et pas à elle.
– Mais Marguerite a reçu de toi le plus beau de tous les dons, s'écriaient-elles. Le don de l'amour. Et tu lui as fait un autre don en la laissant être elle-même !

Ainsi, tout le monde
aimait Marguerite
et des princes venaient de loin
pour demander sa main.
Mais elle répondait toujours
« NON ! », bien sûr.

La Belle
et
la Bête

Quelque part loin d'ici
vivaient il y a longtemps
un marchand et ses trois filles.

L'aînée s'appelait Avide, car elle voulait toujours tout ; la deuxième s'appelait Envie, car elle voulait tout ce qu'Avide possédait ; enfin, la plus jeune s'appelait la Belle, car elle l'était. Les temps étaient durs et le marchand perdit tout son argent. Ses filles durent quitter leur jolie maison et aller vivre au bout de la ville, dans une minuscule cabane.

Avide et Envie se plaignirent amèrement, mais la Belle rendit la cabane aussi confortable que possible, afin que tout le monde soit heureux. Avide et Envie, cependant, se plaignirent encore plus, et le marchand décida de refaire fortune dans un autre pays. Avant de partir, il promit à ses filles de leur rapporter des cadeaux.
– OOOOH ! dit Avide. J'aimerais bien une boîte d'or remplie de beaux bijoux et une robe de soie pour aller avec !
– OOOOH ! dit Envie. Moi aussi je veux une boîte comme ça, avec deux robes de soie !
– Dans ce cas, il me faut dix robes, s'écria Avide.

– À moi aussi ! couina Envie.
– Et toi, que veux-tu, ma chérie ? demanda le marchand à la Belle, qui nettoyait les vitres.
– Comme nous n'avons pas de jardin, dit la Belle, j'aimerais bien une rose parfumée.
Le marchand s'en alla et amassa bientôt une nouvelle fortune.
Alors qu'il revenait chez ses filles, une terrible tempête engloutit son bateau. Le marchand parvint à nager jusqu'au rivage en ayant tout perdu sauf la vie. Bien sûr, il lui était impossible à présent d'acheter des cadeaux à ses filles. Attristé par ce malheur mais heureux d'être vivant, il s'enfonça dans une forêt.

Au soir tombé, il arriva devant un beau palais entouré d'un ravissant jardin. Il sonna à la porte, espérant qu'on lui donnerait un lit, et se trouva nez à nez avec l'être le plus laid qu'il eût jamais vu. Il avait la tête et le corps d'une bête affreuse mais les somptueux habits d'un roi. Le marchand effrayé recula d'un pas, mais la Bête sourit et lui tendit sa patte.

Avec ce sourire, elle paraissait moins terrifiante et le marchand lui raconta ses malheurs. La Bête, alors, s'inclina et l'invita à entrer. À l'intérieur, des serviteurs invisibles ranimèrent le feu et apportèrent à manger. Le marchand et la Bête dînèrent en échangeant des histoires au coin de l'âtre. Enfin, l'un des serviteurs invisibles emmena le marchand devant un lit douillet, où il s'endormit d'un bienheureux sommeil.

Au matin, quand il descendit prendre son petit déjeuner, la Bête était là, plus effrayante que jamais à la lumière du jour. Le marchand apeuré annonça qu'il partait. La Bête le salua et le marchand s'éloigna à travers le jardin. Il sentit alors le parfum d'une rose et vit un magnifique rosier couvert de fleurs. Se rappelant soudain ce que la plus jeune de ses filles lui avait demandé, il cueillit une des roses pour lui en faire présent.

À cet instant, un cri terrible retentit.
Le marchand se retourna et vit
la Bête, folle de rage, se ruer sur lui.
– Je vous ai abrité quand vous aviez
froid ! rugit-elle. Je vous ai nourri
quand vous aviez faim et donné
un lit quand vous aviez sommeil et,
pour me récompenser, vous me volez !
Je devrais vous dévorer tout cru !
Le marchand tomba à genoux
et supplia la Bête de l'épargner.
– Je suis navré, vraiment navré ! dit-il.
Je ferai n'importe quoi mais,
de grâce, ne me dévorez pas.
Je voulais offrir une rose à la plus
jeune de mes filles, qui est adorable…
La Bête se calma et sembla songeuse.
– Très bien, dit-elle, je ne vous
dévorerai pas, si vous m'envoyez
votre fille pour vivre ici avec moi.
Une tristesse d'animal apparut
dans ses yeux.
– Parfois, vous savez, je me sens
horriblement seul.

– Oui, oui ! dit le marchand, qui partit en hâte, heureux de n'avoir pas été dévoré. Je vous promets tout ce que vous voudrez !
Quand le marchand arriva chez lui, Avide et Envie, furieuses de ne pas avoir de cadeaux, s'en allèrent bouder dans un coin, mais la Belle était ravie de sa rose. Elle était si parfaite qu'elle désirait tout savoir à son sujet.

Au début, le marchand ne voulut pas lui parler de la promesse qu'il avait faite à la Bête, mais la Belle finit par obtenir de lui toute l'histoire.
– Bien sûr, dit le marchand, tu n'es pas obligée d'aller vivre avec cette Bête...
– Mais il le faut, répondit tristement la Belle. Une promesse doit être tenue.
La Belle fit donc sa valise et partit chez la Bête.

La Bête fut enchantée de la Belle. Elle était charmante et aidait aux soins du palais. Même les serviteurs invisibles se louaient de sa présence. Plus les semaines passaient, plus la Bête éprouvait d'amour pour la Belle. Elle faisait tout pour la rendre heureuse, lui offrait les plus fins habits, les plus beaux bijoux, comblait le moindre de ses désirs. Les semaines devinrent des mois et, chaque jour, la Bête demandait sa main à la Belle. Et, chaque jour, la Belle refusait. Pas seulement parce qu'elle trouvait la Bête trop laide, mais parce qu'elle avait toujours rêvé d'épouser un beau prince.
La Belle regrettait de plus en plus sa maison et son père. Même Avide et Envie lui manquaient. Elle demanda alors à la Bête la permission de revenir chez elle pendant quelques jours.
– Bien sûr que je vous le permets, si cela peut vous rendre heureuse, dit la Bête. Mais à la condition que vous reveniez dans une semaine.
La Belle accepta et la Bête sut qu'elle pouvait lui faire confiance.

La Bête lui donna en cadeau un miroir magique. Chaque fois qu'elle le regarderait, elle verrait ce qui se passait au palais.

Il lui donna aussi une bague enchantée, qu'il lui suffirait de tourner deux fois autour de son doigt pour revenir aussitôt au palais.

Lorsque la Belle arriva chez elle, dans la cabane, son père se réjouit de lui voir si belle allure et ses sœurs furent éblouies par ses habits et ses joyaux.
– Je voudrais des vêtements comme ceux-là, dit Avide.
– Moi aussi ! dit Envie.
Et elles décidèrent de convaincre la Belle de rester au-delà de la semaine convenue, le temps de trouver une ruse pour s'approprier ses habits et ses bijoux.
Deux semaines plus tard, la Belle se sentit coupable de n'être pas retournée auprès de la Bête et elle regarda dans le miroir pour voir ce qui se passait au palais.
Horrifiée, elle vit la Bête alitée, ses serviteurs invisibles impuissants à l'aider.
La Belle n'étant pas revenue, la Bête mourait, le cœur brisé.
Ravalant ses larmes, la Belle tourna deux fois la bague autour de son doigt et vola jusqu'au palais.
Quand elle fut à son chevet, la Bête était morte de tristesse et la Belle comprit qu'elle avait véritablement aimé cet être.

Alors, baignée de ses larmes, la Bête se ranima... mais ce n'était plus la Bête. Lentement, elle se changea en un jeune prince, qui était aussi très beau garçon, et tous deux s'étreignirent avec bonheur.

Le prince expliqua à la Belle que, longtemps auparavant, une fée jalouse et furieuse qu'il ne l'ait pas épousée l'avait transformé en une bête affreuse. Il devait rester ainsi jusqu'à ce que quelqu'un l'aime en dépit de sa laideur.

La Belle épousa son prince et ils vécurent heureux
dans le palais de la forêt. Le prince acheta
au marchand un magnifique manoir
et des boîtes d'or remplies de soie et de bijoux
pour Avide et Envie. Ainsi, tous connurent
le bonheur jusqu'à la fin de leurs jours.

Maquette : Concé Forgia
ISBN : 978-2-07-065927-2
Publié par Andersen Press Ltd., Londres
Cet album rassemble les titres originaux suivants :
My First Nursery Stories et *My Favourite Fairy Tales*
© Tony Ross 2008 et 2010 pour le texte et les illustrations
© Gallimard Jeunesse 2011 pour la traduction française, 2014, pour la présente édition
Numéro d'édition : 263494
Loi n° 49-956 du 16 juillet 1949 sur les publications destinées à la jeunesse
Dépôt légal : octobre 2014
Imprimé en Chine

Maquette : Concé Forgia
ISBN : 978-2-07-065927-2
Publié par Andersen Press Ltd., Londres
Cet album rassemble les titres originaux suivants :
My First Nursery Stories et *My Favourite Fairy Tales*
© Tony Ross 2008 et 2010 pour le texte et les illustrations
© Gallimard Jeunesse 2011 pour la traduction française, 2014, pour la présente édition
Numéro d'édition : 263494
Loi n° 49-956 du 16 juillet 1949 sur les publications destinées à la jeunesse
Dépôt légal : octobre 2014
Imprimé en Chine

Le trésor de l'heure des histoires

Les 30 plus belles histoires pour les tout-petits

Les plus belles histoires pour les enfants de 3 ans

Les plus belles histoires pour les enfants de 4 ans

Les plus belles histoires pour les enfants de 5 ans

Les plus belles histoires pour les enfants de 6 ans

Les plus belles histoires pour l'école maternelle

Les 15 plus belles histoires pour les petites filles

Les 15 plus belles histoires pour les petits garçons

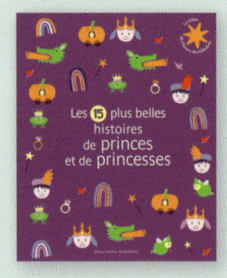

Les 15 plus belles histoires de princes et de princesses

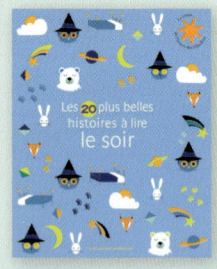

Les 20 plus belles histoires à lire le soir

Les 20 plus belles histoires des papas et des mamans

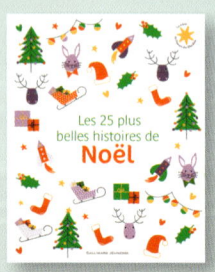

Les 25 plus belles histoires de Noël

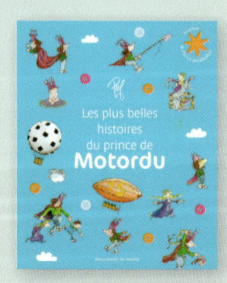

Les plus belles histoires du prince de Motordu

Le grand livre de la petite princesse

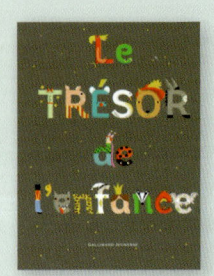

Le trésor de l'enfance

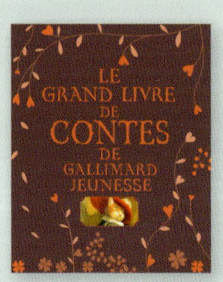

Le grand livre de contes de Gallimard Jeunesse

Les 40 plus belles comptines et chansons

Les 30 plus belles chansons françaises